© Peralt Montagut
D.L. B-35077-98
Impreso en C.E.E.

La Bella

Durmiente

del Bosque

Ilustrado por Graham Percy

Érase una vez un rey y una reina que se lamentaban de no tener hijos. Pero al cabo de un tiempo, la Reina dio a luz una niña. Estaban tan contentos que el Rey anunció una gran fiesta para después del bautizo.

Invitaron a todas las hadas que
hallaron en el reino —un total
de siete—, que fueron
escogidas como madrinas
de la pequeña Princesa.

El Rey había preparado para cada hada un
regalo: un cofrecillo, hecho en oro, rubíes y
diamantes. Este contenía una cuchara, un
tenedor y un cuchillo, también en oro.
Colocaron los cofrecillos sobre la mesa, ya
preparada para el festín.

Con sus poderes mágicos, cada hada otorgó a la pequeña princesa un don.

La más joven dijo:
—Princesa, tú serás la más bella del mundo.

La siguiente:
—Poseerás el espíritu de un ángel.

La tercera anunció:
—Tú serás, princesita,
la más graciosa de
todas las habidas.

La cuarta:
—Bailarás con toda
perfección.

La quinta:
—Cantarás como un
ruiseñor.

La sexta predijo:
—Tocarás
maravillosamente
todos los instrumentos.

De imprevisto, una fea y vieja mujer entró en la sala. ¡Oh! ¡Era el hada malvada que creían muerta desde hacía tiempo!

El hada malvada, al ver que no se había previsto un sitio para ella en la mesa, ni ningún cofrecillo de oro, lanzó muy furiosa una maldición contra la Princesa:

—¡Un día te pincharás con una aguja y morirás!

Pero entonces la última de las hadas buenas,
que estaba tras una cortina, salió y dijo con voz
dulce:

—Majestades, es cierto que vuestra hija se
pinchará el dedo con una aguja, pero no
morirá. Entrará en un profundo sueño, y
pasados cien años un príncipe la despertará.

El Rey, asustado, ordenó que se destruyeran todas las agujas del reino, y que nadie más, en todo él, cosiera.

Pasaron dieciséis años sin que nada ocurriese...
hasta que un día la Princesa, paseando por el
gran castillo, descubrió una pequeña habitación.
En ella había una anciana que cosía con aguja
e hilo... ¡Nunca había oído hablar de las
órdenes del Rey!

—¡Oh, qué interesante trabajo! —exclamó la
joven Princesa—. Enseñadme cómo lo hacéis,
pidió. Entonces, cuando cogió la aguja... ¡Se
pinchó en el dedo, tal como predijo el hada
malvada! Al instante la princesita cayó al suelo,
quedando sumida en un largo y profundo
sueño.

Tras saberlo el Rey, y acordándose de las palabras del hada buena, trasladó a la bella Princesa a la mejor habitación del castillo. La acostó en un suntuoso lecho de oro y plata.

En seguida, el Rey mandó llamar al hada buena
que, rápidamente, llegó en una mágica carroza
tirada por dragones.

El hada dijo al rey:
—Majestad, para que nuestra Princesa no se
encuentre sola en el sueño, todos los habitantes
del castillo, excepto vos y la Reina, dormirán y
no despertarán hasta que ella abra de nuevo sus
ojos.

Tras haber pronunciado estas palabras, todos los habitantes del castillo cayeron dormidos en el lugar donde estaban,

excepto el Rey y la Reina, que anunciaron al
mundo que el castillo sería cerrado.

A partir de aquel día, creció un bosque mágico alrededor del castillo, que no permitió que nadie se acercase. Un espeso manto de hiedra y plantas espinosas cerró puertas y ventanas.

Y así pasaron cien años hasta que, un buen día, un apuesto príncipe pasó cerca del castillo, montado en su corcel. Tan pronto vio el castillo, desmontó y, apenas hubo pisado el suelo, el bosque impenetrable se abrió ante sus ojos. Fue entonces cuando el Príncipe entró en aquellos dominios, donde todo el mundo parecía dormir.

En una gran sala del castillo vio un magnífico lecho de oro y plata. Al acercarse a él, vio a la hermosa Princesa durmiendo. Asombrado por su belleza, el apuesto Príncipe se inclinó para darle un suave beso.

De repente, la bella Princesa despertó. Y con ella también despertaron todos los habitantes del castillo, muy sorprendidos.

Todos, con mucha hambre, celebraron una gran fiesta. Bailaron al son de una antigua y sorprendente música que la orquesta no había tocado desde hacía un siglo.

La bella Princesa y el apuesto Príncipe quedaron tan enamorados que, al día siguiente, una gran boda les unió para siempre.